# Nick

## la main froide

# François Tardif

## la main froide

### ÉPISODE 6
### UNE SORCIÈRE À SALEM

**Illustrations de Michelle Dubé**

Les éditions
du petit monde

Les éditions du petit monde
2695, place des Grives
Laval, Québec
H7L 3W4
514 915-5355
www.leseditionsdupetitmonde.com
info@leseditionsdupetitmonde.com

Direction artistique : François Tardif

Direction générale : Maude Prézeau
Aide à la correction : Josée Douaire

Conception graphique : Olivier Lasser
Illustrations : Michelle Dubé

Dépôt légal,
Bibliothèque nationale du Québec, 2007

**Catalogage avant publication de Bibliothèque et Archives
nationales du Québec et Bibliothèque et Archives Canada**

Tardif, François, 1958-

  Une sorcière à Salem

  Pour les jeunes.

  ISBN  978-2-923136-06-6

  I. Dubé, Michelle, 1983- . II. Titre.

PS8589.A836S67 2007          jC843'.6    C2007-941859-7
PS9589.A836S67 2007

FRANÇOIS TARDIF est né le 17 août 1958 à Saint-Méthode au Québec.

Il a étudié en théâtre, en cinéma et en scénarisation. Auteur de la série télévisée *Une faim de loup* diffusée sur Canal famille et sur Canal J en Europe, il en interprète aussi le rôle principal de Simon le loup. Il est aussi l'auteur de nombreuses pièces de théâtre pour enfants, dont *La gourde magique*, *À l'ombre de l'ours*, *Vie de quartier*, *La grande fête du cirque*, *Dernière symphonie sur l'île blanche*, *L'aigle et le chevalier* et *Les contes de la pleine lune*.

Ces dernières années, il a écrit plus de 30 romans jeunesse dont *La dame au miroir*, *Espions jusqu'au bout*, *L'hôtel du chat hurlant*, *Le sentier*, *Numéro 8*, *Les lunettes cassées*, *Des biscuits pour Radisson*, *Pistache à la rescousse*, *Les jumeaux Léa et Léo* et bien d'autres encore.

En préparation ; les 4 tomes des romans pour adolescents : *Klara et Lucas*.

Depuis quelques années, il plonge dans l'univers de Nick la main froide et prépare déjà l'écriture de ses prochaines aventures, dont *Le dôme de San Cristobal* et d'autres histoires qui mèneront Nick et toute sa bande aux quatre coins de la planète. Plus de 36 épisodes sont prévus dans la série Nick la main froide.

\* \* \*

MICHELLE DUBÉ est née le 5 septembre 1983 à Baie-Comeau.

Elle crée avec Joany Dubé-Leblanc la revue *Yume Dream*, dans laquelle elle publie ses bandes dessinées. Elle travaille aussi comme dessinatrice avec Stéphanie Laflamme Tremblay à une nouvelle BD.

Elle adore le dessin et l'écriture. Cela lui permet de s'évader et d'avoir une bonne excuse pour avoir l'air dans la lune. Durant ses passe-temps, en plus d'adorer la compagnie des animaux, elle dévore les romans en grande quantité. Collaboratrice pour Les éditions du petit monde depuis le tout début de la série Nick, elle continue à nous offrir les illustrations de tous les *Nick la main froide*.

# Résumé de la série jusqu'ici

Nick a une main froide. Sa tante Vladana, alchimiste et sorcière, fabrique des parfums et des potions qui guérissent les gens. Un jour, elle entreprend la fabrication d'un élixir aux propriétés secrètes. Dans un livre très ancien, qu'elle a exhumé d'un tombeau égyptien, elle trouve une liste de 360 ingrédients saugrenus. En réalisant cette potion, un accident se produit et Nick reçoit sur sa main droite un liquide inodore et invisible. Sa main enfle tellement que les médecins veulent la couper. Le lendemain, mystérieusement, sa main redevient normale. Normale ? Pas vraiment ! Sa main a maintenant des propriétés insoupçonnées que Nick découvre au fil des jours. Son nouveau voisin, Martin, est le premier qui comprend que cette main est dotée de pouvoirs. À compter de ce jour, Nick et Martin deviennent d'inséparables amis et partagent tous leurs secrets. Béatrice Aldroft, une Américaine qui vient vivre au Québec pendant un an, se lie d'amitié avec eux. Ensemble, ils décident de changer le monde.

Suite à une explosion, Vladana perd la mémoire et ainsi tous ses secrets. Des espions et des lézards aussi horribles que dangereux tentent par tous les moyens de s'approprier le secret que semble posséder Vladana concernant une énergie fantastique.

Nick, Martin et Béatrice partent à la recherche de la mémoire de Vladana. Dans l'épisode 5, Nick a réussi à parler avec l'esprit de Vladana. Sa tante lui a donné un livre d'où il devra décoder un message secret. Ils partent donc tous en limousine (Nick, Martin, Béatrice, Monsieur Lanverdière, Vladana, Winston le ouistiti, Georges le chauffeur) suivis de mystérieux personnages. Ils se dirigent vers Salem où ils découvriront une partie du passé de Vladana et le dernier jalon d'une quête passionnante.

## Chapitre 1

## La vie de château

Dans la limousine qui les emporte vers les États-Unis, Nick, Martin, Béatrice, Vladana et Monsieur Lanverdière oublient tout et chantent très fort ce qui leur passe par la tête. Le père de Béatrice a, semble-t-il, ordonné à Georges de satisfaire tous leurs caprices. Après avoir traversé la frontière, ils s'arrêtent tout d'abord au *Santa Claus Village* (Village du Père Noël), un parc d'attraction où trois heures durant, pour leur plus grand plaisir, ils essaient toutes sortes de manèges. Le soir, Georges les mène à *The Mount Washington Hotel and Resort*, un magnifique hôtel dans l'état du New Hampshire qui ressemble à un château. Situé au cœur des *White Mountains* (montagnes blanches), les trois amis y dorment paisible-ment. Leur suite au troisième étage possède non seulement une vue sur les terrains de tennis et la piscine mais leur permet surtout d'observer le ballet du personnel de service dansant à travers les obstacles divers pour satisfaire cette riche clientèle. Georges porte leurs bagages et leur propose même de les défaire et de placer leurs effets dans les tiroirs. Vladana et Monsieur Lanverdière ont leur chambre de l'autre côté du corridor. La vie quotidienne est si agréable et l'attention que tous leur portent est si grande qu'ils se sentent en vacances.

Vladana, elle, sourit toujours sans vraiment parler. Elle vit dans une sorte de brouillard. Quand Nick lui parle de son passé, elle ne comprend pas tout.

— Vladana, es-tu contente d'être avec nous ? lui demande Nick, lorsqu'ils sont seuls dans le hall de l'hôtel, avant d'aller rejoindre les autres.

— Oui, très contente. Mais tout semble si flou dans ma tête.

— Te souviens-tu, l'an dernier, quand on est venu en vacances au bord de la mer avec papa et maman ?

— Non !

— Tu courais vers l'eau, tu dansais et chantais. Pendant des heures, tu étais tellement heureuse. Tu m'as dit, à ce moment-là, que tu avais déjà vécu sur le bord de l'eau. Tu m'avais décrit la maison. Elle était toute petite, en bois, avec une galerie qui entourait toute la façade. Derrière, c'était la plage… tu m'avais parlé de *Ocean Street*, je crois. Tu me disais en riant que tu avais vécu là durant 150 ans. On a ri pendant des heures.

— Nick, je t'aime beaucoup, et ton père et ta mère et Béatrice, Martin et Albert, mais ce que tu me racontes ne me dit absolument rien. Je n'arrive pas à voir derrière moi.

— Ce n'est rien Vladi, rien. Tu vas voir, on a une piste extraordinaire et on va te ramener tous ces souvenirs. J'aimerais tant aller à cette plage avec toi. *Ocean Street*, te rappelles-tu de la ville ? Aux États-Unis, au Canada, en Europe ?

— Je cherche !

— Ne t'inquiète pas…

Béatrice vient les rejoindre.

— Nick, Vladana, venez…aujourd'hui on ne pense à rien et on s'amuse, d'accord ? Savez-vous danser ?

— Oh ! Non, dit Nick.

— Ça je crois bien que je m'en souviens, sourit Vladana.

Tous se dirigent vers la salle de bal de l'hôtel. Ce soir, une grande fête est organisée. Nick et Martin n'en reviennent pas de voir Béatrice si à l'aise, elle se promène avec grâce, sourit à tous et agit comme si elle était la reine d'Angleterre. Quand elle voyage avec son

11

père, leur dit Béatrice, elle va toujours dans les endroits les plus chics et les plus chers.

Seul Winston trouve la situation un peu moins plaisante puisqu'il doit demeurer au sous-sol de l'établissement dans une sorte de garderie pour animaux domestiques. Ce ne sera que pour une nuit et il profitera de la compagnie de quelques chats et de trois Bulldogs, lui explique Béatrice. Derrière des barreaux, il a un lit, une petite chambre, de la nourriture en quantité industrielle et son dessert favori : un sorbet au citron et beurre d'arachide. Une prison dorée quoi ! Elle le quitte en le serrant très fort dans ses bras avant de rejoindre toute la compagnie dans l'immense salle de bal où le dîner est servi. Un orchestre accompagne les différents services et donne encore plus à Nick et Martin l'impression qu'ils sont devenus des princes. D'autant plus qu'aujourd'hui au château, il y a une fête spéciale. Tous les visiteurs ont droit au service royal avec orchestre et repas gastronomique servi impeccablement au milieu d'une ambiance féerique.

Béatrice invite à tour de rôle Martin et Nick à danser une valse avant que tout le monde puisse prendre un morceau du superbe gâteau à la vanille et aux fruits. Aujourd'hui, pour célébrer l'arrivée de l'été et des vacances, les pâtissiers de l'hôtel château ont fabriqué un dessert en forme de manège : une grande roue, le manège préféré de Béatrice.

— *Did you see that, Mademoiselle Béatrice*, déclare Georges, on dirait que le gâteau a été fait pour vous !

Quand les serveurs dévoilent le gâteau au début du repas, tous les convives se lèvent d'un bond, salivant à l'idée de pouvoir manger une partie de cette magnifique pièce montée. L'orchestre lance le bal et la soirée avec une valse viennoise.

Vladana est dans une forme splendide. Elle entraîne Albert dans des danses époustouflantes. Tous savent danser la valse, mais Vladana pousse la maîtrise des pas et des gestes à un degré de raffinement jamais vu. Albert, grand danseur, n'en revient pas. Il a l'impression de découvrir de nouveaux aspects de la personnalité de Vladana. Après plusieurs danses où elle trône littéralement devant tout l'entourage, elle demande à l'orchestre de jouer un menuet. Elle danse avec Albert, puis avec d'autres convives à qui elle prend le temps de tout montrer. Au bout de quelques minutes, tous les gens présents s'arrêtent et l'observent. On dirait une reine. À la fin d'une danse, tous l'applaudissent quand elle fait une révérence en guise de réponse.

— Superbe ! constate Albert. Quelle danseuse !

Vladana, dans une sorte de transe, se met à saluer et à parler à tous comme s'ils étaient des princes, des comtes, des comtesses.

— Je suis vraiment honorée de danser avec vous. Votre réception est exquise et votre château splendide. Viendrez-vous à mon bal la semaine prochaine ? Avez-vous vu le roi ?

Tout le monde rigole et croit à une blague de sa part. Mais quand elle se met à chercher ses servantes pour changer de robe, ses amis commencent à s'inquiéter.

— Béatrice, dit Nick, j'ai l'impression qu'il se passe quelque chose.

— Bizarre hein ? Elle joue ou voit-elle vraiment des servantes ?

— C'est peut-être les médicaments que le médecin lui a donnés, reprend Monsieur Lanverdière, un peu étonné du comportement de Vladana.

Quand la musique s'arrête, Vladana semble reprendre ses esprits et vient s'asseoir, un peu étourdie.

— Excusez-moi, exprime-t-elle. J'ai rêvé ou quoi ? J'ai vraiment eu l'impression de voir des princesses... Nick j'avais l'impression de faire partie de la noblesse... puis elle sourit et s'assoit un instant, un peu troublée.

— Ça va ? demande Béatrice.

— J'ai l'impression d'être en Autriche... je suis une comtesse, la comtesse d'Aria... je suis, je vois un orchestre... on est dans la salle de bal du château de Finstergrün.

— Mais c'est normal Vladana, cette salle de bal a été recréée selon les plans du château de Finstergrün, un magnifique château autrichien.

— C'est vrai ? demande Vladana…

— Tu as tellement lu de livres d'histoires dernièrement. Les images doivent te revenir, la rassure Albert.

— Oui tu as raison… c'est mystérieux la mémoire… j'ai vraiment l'impression d'être là dans ce château… mon carrosse, mes servantes m'attendent dehors et… (Vladana panique …) il y a des gens qui me suivent, qui cherchent à m'enlever, ils veulent savoir qui je suis….

Elle se lève et regarde Georges qui parle au téléphone.

Pendant la pause musicale, Georges s'est éloigné un peu pour parler sur le nouveau cellulaire que son patron lui a donné.

— *Mister… everything's o.k. You're near their room ? Go on, the party we organized is just beginning. They won't want to leave from here till they eat the cake…The book ? For sure they got it ! I looked everywhere in the limousine, it's not there ! Look in their room, I left the door unlocked !*

(Monsieur, tout est sous contrôle ! Vous êtes près de leur chambre ? Allez-y, la fête que nous avons organisée ne fait que commencer. C'est une idée géniale patron, ils ne voudront pas partir de là avant le gâteau. Le livre ? Oui, oui ils l'ont ! J'ai regardé partout dans la limousine, il n'est pas là. Regardez dans leur chambre, j'ai laissé la porte ouverte !)

Vladana, aidée d'Albert, est allée boire un peu d'eau et tout semble rentrer dans l'ordre. L'orchestre reprend sa musique. Béatrice oblige Nick et Martin à se lever et à danser. Devant au moins deux cents personnes, elle rit très fort de voir ses amis s'emmêler dans leurs pieds. Martin, compétitif comme toujours, jure qu'il saura danser la valse avant d'aller se coucher. Une vieille dame d'au moins quatre-vingt-dix ans, parlant un peu le français mais d'une façon incompréhensible, s'approche de Martin et lui offre des cours de danse. Martin se débrouille très bien. Béatrice monte alors sur la petite scène où est installé l'orchestre, et, entre deux airs, invite les gens à applaudir ce couple extraordinaire. Le maître de cérémonie offre à Béatrice de faire une demande spéciale à l'orchestre avant que l'on attaque ce magnifique gâteau.

— Un rock'n roll ! propose aussitôt Béatrice en riant si fort que Martin et Nick aimeraient sortir de la piste de danse et devenir invisibles. Dans quoi les embarque-t-elle ?

Le maître de cérémonie sourit à son tour, regarde le chef d'orchestre et annonce :

— *Ladies and gentlemen, a special dance for Miss Aldroft and her friends… for this dance, the ladies choose their partner to the sound of Rock'n roll music by Elvis Presley !*

(Mesdames et messieurs, une danse spéciale pour Mademoiselle Aldroft et ses amis… pour cette danse sur une musique Rock'n roll d'Elvis Presley, les femmes choisissent leur danseur).

L'orchestre change complètement son style de musique et se lance dans un rock'n roll, au grand plaisir de Béatrice qui invite le maître de cérémonie à danser avec elle. Deux jeunes filles habillées comme de petites princesses s'approchent de Nick et Martin et les choisissent. Martin et Nick rougissent puis se lancent dans le difficile apprentissage de cette danse endiablée. Au bout d'une éternité de rigolades, de chutes, et de contorsions jusque-là inconnues d'eux, Nick et Martin remercient leurs danseuses et rejoignent Béatrice pour trancher la première part du magnifique gâteau.

Les lumières s'éteignent, un *follow spot* (lumière de poursuite) les éclaire et, au moment où Béatrice brandit l'immense couteau dans les airs, le gâteau s'anime. Les convives reculent d'un pas et aperçoivent un petit monstre poilu à deux pattes, tout blanc de crème, sortir du manège et s'enfuir en se léchant les babines.

— Winston, crie bien malgré elle Béatrice.

Le ouistiti s'arrête, saute dans les bras de sa maîtresse et lui lèche le visage en l'enduisant de gâteau. Partout dans la salle, les gens sont à la fois déçus et apeurés. Qui est ce monstre blanc poilu ? Georges, très discret jusque-là, saisit le micro et annonce fièrement :

— *It was a surprise and a gift for Béatrice Aldroft since today is her birthday. And the present is a monkey.*

(C'est une surprise et un cadeau pour souligner l'anniversaire de Béatrice Aldroft et le cadeau est un ouistiti).

Il se met à chanter :

— *Happy birthday Béatrice, Happy birthday Béatrice.*

(Bonne fête Béatrice).

À la fin de la chanson, Georges prend de nouveau la parole pour sortir définitivement Béatrice et Winston du pétrin.

— *And don't worry for the cake that was only a fake cake for the gift. Dance with this wonderful orchestra and a piece of real cake will be served at your table.*

(Et ne vous en faites pas pour le gâteau, ce n'était pas un vrai. Dansez au son de ce magnifique orchestre et un morceau du vrai gâteau vous sera servi à votre table).

On applaudit et la fête repart de plus belle. Le maître de cérémonie, encore sous le choc, s'approche de Georges et demande des explications :

— *There's no other cake..*

(Il n'y pas d'autre gâteau).

— *I know, but we can serve that cake and nobody will ever know… sorry for that, Winston is an horror… we'll pay for the damage but please let the party go on!*

(Je sais, mais nous pouvons quand même servir ce gâteau et personne ne se rendra compte de rien… désolé, ce ouistiti est une horreur… nous paierons pour les dégâts, mais surtout laissez la fête continuer.)

— *So today is her birthday for real?*

(Alors c'est vraiment sa fête ?)

— *Of course!*

(Bien sûr)

Pendant que Georges, Vladana et Monsieur Lanverdière aident tous les serveurs à sauver ce qu'on peut du gâteau, Winston s'enfuit une fois de plus. Martin, Nick et Béatrice le poursuivent. Georges, qui aide le personnel de l'hôtel, est catastrophé lorsqu'il n'aperçoit plus les enfants sur la piste. Ils ont disparu. Son plan n'allait visiblement pas comme prévu. Il saisit son téléphone cellulaire :

— *Mister, hurry up, hurry up, they left the party… did you find the book? … No?*

(Monsieur, dépêchez-vous, vite, ils ont quitté la fête… avez-vous trouvé le livre ? Non ?)

Georges court vers les chambres dans l'espoir de rattraper les enfants.

* * *

Au même moment au deuxième étage, Béatrice voit Winston à l'autre bout du corridor.

— Je ne savais pas que c'était ta fête, lui souffle Martin en la suivant.

— Ce n'est pas ma fête… c'est Georges qui a inventé ça.

— Toute une présence d'esprit !

— Oui… Winston je ne suis vraiment pas fière de toi… viens ici.

Se sentant réprimandé, Winston se sauve plus loin encore et court dans le long couloir qui mène aux portes des chambres.

— Winston… Winston, crie Béatrice.

Winston court devant, s'arrête brusquement devant une porte ouverte, lâche un cri d'horreur et revient se réfugier dans les bras de Béatrice. Malgré la réaction de Winston, ils décident d'aller voir. Ils s'approchent lentement et se rendent vite compte qu'il s'agit de la porte de leur chambre.

Aussitôt entrés dans la chambre 412, ils entendent des bruits de pas en provenance du balcon. La porte menant à leur balcon bat au vent. Béatrice et Martin s'y précipitent et voient quelqu'un qui se sauve, tel un chat, sur la corniche.

La chambre est dans un état lamentable, les matelas sont renversés, tous les sacs et les valises vidés, les tiroirs des commodes par terre, une multitude d'objets jonchent le sol.

— Il cherchait quelque chose de précis... regardez, il n'a volé ni la caméra, ni tes bijoux Béatrice, ni mon portefeuille, ni mon passeport.

— Il est parti sur les toits, il est entré à l'autre bout du château... on va le rattraper, lance Martin déjà parti.

Nick et Béatrice, Winston dans ses bras, partent à la recherche de l'intrus. Ils courent jusqu'au bout du corridor qui mène à deux escaliers. Martin, toujours en avance sur ses amis, prend celui de droite, Nick et Béatrice prennent celui de gauche. Au bout de leur corridor respectif, ils empruntent un autre escalier qui les ramène ensemble face à une fenêtre ouverte.

— Quelqu'un est passé par là il n'y a pas longtemps, en déduit Martin.

Winston saute des bras de Béatrice et part sur les toits à la poursuite du voleur. Sur leur gauche, au bout du long corridor, une porte se referme vivement.

— Vite, vite il est là !

Ils se dirigent à toute vitesse vers la porte. Martin, arrivé le premier, essaie en vain d'ouvrir, puis il cogne vivement à la porte :

— Ouvrez, ouvrez-nous !

Pendant qu'il continue à frapper à la porte, un colosse d'une trentaine d'années, mesurant au moins deux mètres, arrive derrière eux.

— *Who are you ?*

(Qui êtes-vous ?)

Martin, en se retournant, n'en revient pas du gabarit de l'homme qui leur fait face. On dirait une montagne, et ce qui n'arrange rien, il a des yeux féroces qui ne dissimulent pas la colère qui l'habite.

— Euh !

Martin voudrait s'enfuir !

— *What are you doing here ? Who are you searching for ? And why are you knocking on my door so loudly ?*

(Qu'est-ce que vous faites ici ? Qui cherchez-vous ? Et pourquoi frappez-vous à ma porte avec tant d'insistance ?)

Martin recule, mais Béatrice s'approche du mastodonte et le dévisage en lui disant :

— *Are you the one who came in our room ?*

(Êtes-vous celui qui est venu dans notre chambre ?)

— *No !*

Béatrice avance vers lui et le force même à reculer.

— *Are you the one who tried to steal something from us and what is that something, we sure would like to know ?*

(Êtes-vous celui qui est venu nous voler quelque chose, et on se demande bien quoi ?)

— Euh ! *Of course not !*

(Bien sûr que non.)

Béatrice continue à avancer vers lui jusqu'à un escalier. Le colosse s'arrête et, pour ne pas tomber, il attrape le bras de Béatrice qui lui dit vigoureusement :

— *Don't touch me !*

(Ne me touchez pas)

— *I did not touch you,* (Je ne vous ai pas touchée !) répond l'homme qui a maintenant des sueurs sur le front.

— *And don't ever look at me like that again.*

(Et ne me regardez plus jamais comme ça.)

— *I did not look at you like... like... like what ? A man just came into my room, gave me money and ask me to shut up while you were there. I'm sorry, I was afraid. I just want to go into my room... please ! Take the money !*

(Je ne vous ai pas regardée comme... comment ? Un homme est venu dans ma chambre et il m'a donné beaucoup d'argent pour que je ne dise rien pendant qu'il fuyait. Je suis désolé, j'ai eu peur. Je veux seulement retourner dans ma chambre... s'il vous plaît ! Prenez l'argent.)

— *I don't want your money, did you know that man ?*

(Je ne veux pas de votre argent, connaissiez-vous cet homme ?)

— *Yes... I mean no !*

23

(Oui… je veux dire non !)

— *He's one of your friends?*

(C'est un de vos amis ?)

— *No… no… it's just that I don't want to have any trouble… he's a known man.*

(Non… non… c'est seulement que je ne veux pas avoir de problèmes… c'est un homme connu !)

— *A known man?*

(Un homme connu ?)

— *I've seen him on TV. He's from Boston and… he's a deputy!*

(Je l'ai vu souvent à la télévision. Il est de Boston, c'est un député de Boston.)

Martin et Nick crient au loin :

— Il y a quelqu'un qui fuit là-bas !

Béatrice rejoint ses amis devant une fenêtre. Dans le stationnement, ils aperçoivent une voiture rouge qui zigzague et s'éloigne à toute vitesse.

— C'est une Lotus, remarque Martin, observateur comme toujours. Une Lotus Élan S2, une 1996.

— C'est étrange, mon père a une Lotus Élan S2 1996, remarque Béatrice.

— Ton père ?

— Et mon père est député de Boston… et il passe souvent à la télé. Qu'est-ce qu'il pouvait bien chercher ? se demande Béatrice.

Nick sort de sa poche le livre que Vladana lui a donné dans sa chambre d'hôpital.

— Il cherchait probablement ça !

— Un livre ?

— Un livre que Vladana m'a remis hier, en secret.

Nick raconte alors l'épisode de la flèche et du mystérieux contact qu'il a eu avec elle.

Quand Georges arrive, Béatrice demande à Nick de se taire. Puis, au téléphone, elle sollicite certains amis qui travaillent pour son père. Cette fois-ci encore, elle réussit à le rejoindre et lui demande de revenir à l'hôtel pour qu'il lui explique la situation.

\* \* \*

Un peu plus tard, après les explications de Monsieur Aldroft, Nick, Martin et Béatrice se regardent, abasourdis.

Béatrice est bouleversée ; son père, aidé de Georges, l'espionnait. C'est le Vice-président des États-Unis lui-même qui lui a révélé l'importance de ce qui se passait dans l'entourage de sa fille. Selon un des hommes les plus importants de la planète, les amis de Béatrice Aldroft cachent un secret d'importance capitale pour l'état. Monsieur Aldroft a eu ordre de mettre toute son équipe en branle pour élucider ce mystère. De peur de mettre des agents sur l'affaire, il a décidé de mener lui-même l'enquête.

Monsieur Aldroft, homme d'action, qui n'a jamais peur de rien, a maintenant une crainte immense face à la réaction de sa fille.

— Papa, affirme Béatrice, je suis très fâchée. J'ai des secrets avec mes amis, des secrets très importants, mais qui ne regardent personne d'autre que mes amis et moi.

— *Yes of course!*

— Papa, tu m'écoutes, tu ne parles pas, c'est clair?

— *Of course!*

— *Silence, I'm talking! Right?*

Monsieur Aldroft, pris en flagrant délit, a l'air penaud. Il baisse les yeux et regarde par terre.

— Papa, on a une mission à remplir! As-tu vu Vladana? Elle a perdu la mémoire, elle ne sait plus qui elle est, et nous, on lui a promis de l'aider. Toutes les armées, tous les gouvernements et tous les papas du monde ne pourront pas nous empêcher de redonner sa vie à cette femme extraordinaire.

— Et si elle est dangereuse pour le pays?

— Papa, elle est bonne pour le pays et pour tous les pays. Mais tout cela doit rester secret. Est-ce que toi tu m'as dit pourquoi tu t'étais séparé de maman avant qu'elle ne meure? C'est ton secret papa. Ceci est mon secret et le secret de Vladana. Ne te mêle pas de ça!

— Oui, mais le Président des États-Unis lui-même a demandé…

— Ne lui dis rien, fais semblant de nous suivre, mais fais lui de faux rapports et prends des vacances. Quand t'es-tu reposé la dernière fois ?

— *Well…*

— *Dad, let me do what I have to do! This Vladana is a queen, a goddess and I don't know who… but she doesn't need you and your organisation to recover her memory!* Les lézards est-ce toi aussi ?

(Papa, laisse-moi faire ce que je dois faire ! Cette Vladana est une reine, une déesse et je ne sais plus trop qui… mais elle n'a pas besoin de toi et de ton organisation pour retrouver sa mémoire !)

— Non, non, non, *the Lezards are private association but we knew about that…. We heard that you and your friends were in touch with the most powerful energy in history!*

(Non non non, les lézards viennent d'une association privée, mais on était au courant… On a entendu dire que vous étiez, toi et tes amis, en contact avec l'énergie la plus puissante de l'histoire !)

— *If so! That doesn't concern you and your friends! Those are my friends. Let me be who I want to be…*

(Si jamais c'est le cas, ça ne vous regarde pas, toi et tes amis. On parle de mes amis ici, laisse-moi être qui je veux !)

— *Of course… but…*

(C'est bien certain, mais…)

27

— *Stay away… look around, eat well, play tennis with Georges and we'll be back right here in less than a week!*

(Éloigne-toi un peu… amuse-toi, mange bien, joue au tennis avec Georges et on sera de retour ici dans moins d'une semaine!)

— *For you my dear, I'll do that!*

(Je vais t'écouter, ma chérie!)

— Papa, *and maybe*, si tu envoies sur des fausses pistes tous les agents secrets qui vont se lancer à notre poursuite, *maybe*, si tu ne dis rien à personne sur les endroits où nous allons, *maybe*, peut-être que je partagerai une partie du secret avec toi! Peut-être!

— *I love you Béatrice! You're exactly like your mother.* Indépendante, fière et libre!

(Je t'aime Béatrice! Tu es exactement comme ta mère!)

— *Give me the limousine's keys and eat well!*

(Donne-moi les clefs de la limousine et n'oublie pas de bien manger!)

## CHAPITRE 2

### La quête de la liberté

Monsieur Lanverdière vit un véritable rêve. Au volant d'une rutilante limousine, il accompagne son amoureuse dans sa quête de liberté. Sur le livre que dissimulait Nick est écrit le titre : *Salem, vie et mort des sorcières, 1692.* Alors, tous convaincus de trouver une partie du secret de Vladana, ils roulent vers Salem.

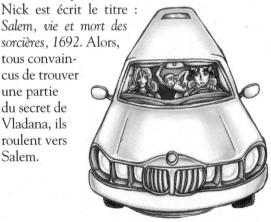

Bien assis sur les immenses banquettes arrières de la limousine, les trois amis tentent de décrypter le livre. Après l'avoir lu au complet, ils se rendent compte qu'à aucun moment il n'est fait mention du nom de Vladana ou de son nom de famille, Loutchinski. Toutefois, le récit les fascine. Dans une petite localité des États-Unis nommée Salem, il y a de cela plus de trois cents ans, dix-neuf personnes ont été accusées de sorcellerie et pendues ou tuées d'une autre façon, sous de fausses accusations.

— Ça fait vraiment très peur, raconte Nick à ses amis. À cause de ma main froide, j'aurais sûrement fait partie des victimes moi aussi. Imaginez, une dame s'est fait brûler parce qu'elle n'allait pas à l'église. S'ils avaient vu ma main qui peut brûler pendant des heures sans jamais être détruite, ils auraient eu peur et auraient trouvé un moyen de...

— ...il n'y a peut-être aucun moyen de détruire ta main ! pense Martin tout haut !

— N'essayons pas, d'accord ? lance Nick en riant !

Ce qui bouleverse le plus Nick et ses amis, c'est de comprendre qu'au-delà de ceux et celles qui sont morts pour avoir guéri des gens, il y a eu aussi beaucoup de gens qui ont été soupçonnés et qui ont frôlé la mort.

Histoire dramatique qui donne froid dans le dos. Mais, se demandent-ils, bien installés dans la magnifique suite de leur château roulant, que vient faire Vladana là-dedans ? Et en quoi cela les aidera-t-il à rendre la mémoire à Vladana ?

— Peut-être, tente Martin, y a-t-il un code secret dans ce livre qui nous permettra de trouver quelqu'un à Salem… quelqu'un qui est sorcière qui pourrait guérir Vladana. Ou quelqu'un qui mènera à un secret ? Qu'est-ce qu'elle t'a dit Vladana ?

— De suivre son nom ! répond Nick.

— De suivre son nom, qu'est-ce que ça veut dire ?

Ils se mettent donc alors à analyser les noms des victimes : *Bridget Bishop, Martha Corey, Sarah Good, Rebecca Nurse, Sarah Osborne, Alice Parker, Ann Pudeador, Georges Burroughs, Gilles Corey, Lydia Dustin, Mary Easty Topsfield, Ann Foster, Elizabeth Howe, Georges Jacobs Sr, Susannah Martin, Mary Parker, John Proctor, Martha Carrier, Gilmont Reed, Roger Toothaker, Samuel Wardwell, Sarah Wilds, John Willard, Margaret Scott,* tous condamnés à mort pour sorcellerie à Salem.

Aucune de ces victimes ne porte le nom de Vladana ou de Loutchinski, ni à l'endroit ni à l'envers. À l'intérieur de la limousine, ils collent plein de papiers, de notes ou de tentatives d'explications, de solutions. Ils cherchent à décoder ce livre…. Suivre le nom de Vladana… suivre le nom de Vladana… voici leur seul indice !

Martin, très bon en maths et en logique, après avoir essayé toutes sortes de combinaisons, remplace les lettres du prénom VLADANA par les chiffres correspondants dans l'alphabet.

V = la 22$^e$ lettre de l'alphabet

L = la 12$^e$ lettre de l'alphabet

A = la 1$^{ère}$

D = la 4$^e$

A = la 1$^{ère}$

N = la 14$^e$

A = la 1$^{ère}$

À l'aide de ces chiffres, Martin cherche avec habileté dans les pages du livre à retrouver un code secret, une adresse, un message particulier pour eux, pour les aider à entrer en contact avec quelqu'un à Salem. Mais au bout d'une bonne heure plus qu'exténuante, rien ne ressort vraiment de sa recherche.

Nick décide de questionner son père. Il place le téléphone sur la touche main libre, afin que tous écoutent leur conversation :

— Papa, commence Nick, tout va bien pour nous. Mais j'ai une question à te poser : Vladana est-elle vraiment ma tante ? Est-ce ta sœur ou la sœur de maman ? A-t-elle vraiment été mariée à un Loutchinski ? Pourtant on n'a jamais vu de photos de lui et quand vous parlez polonais à la maison, on dirait que vous avez de la difficulté à vous comprendre.

Je te demande ça parce que... je pense qu'on peut l'aider !

Béatrice prend des notes, Martin continue à fouiller dans le livre l'oreille toujours ouverte, même Winston arrête de sauter à gauche et à droite pour une fois.

— Écoute Nick, reprend son père au téléphone, je sais que tu as toujours été un petit gars extraordinaire et que je n'ai jamais rien eu à dire de toi, mais, je me demande si je devrais te dire cela.

Après un long silence, le père de Nick reprend la conversation.

— Nick, j'ai confiance en toi et en tes amis... je ne sais pas pourquoi je te dis ça, mais garde le secret ! Vladana a toujours été mystérieuse sur son passé et quand on lui posait des questions elle pouvait disparaître pendant des jours... on l'aimait tellement qu'on a fini par cesser de la questionner sur ses origines... Vladana n'est pas vraiment ta tante... je ne sais même pas si elle est d'origine polonaise... tu as raison, elle parle un vieux polonais qui ne se parle plus en Pologne depuis des dizaines et peut-être des centaines d'années. Elle est arrivée en ville il y a 10 ans, un mois après ta naissance... elle a rencontré ta mère dans le parc et elles sont tout de suite devenues amies, comme ça par hasard.

— Papa, il n'y a pas de hasard.

— Peut-être, peut-être… elle s'occupait toujours de toi, c'est ta marraine.

— Mais d'où vient-elle ? demande Nick.

— Jamais je ne l'ai entendue parler de son passé… un jour je lui ai demandé d'où venait son drôle d'accent… elle a éclaté de rire et elle a dit : « de la nuit des temps » !

— C'est vrai, parfois je l'entendais parler une langue inventée… ça me faisait rire, elle me chatouillait les oreilles avec ses mots.

— J'ai trouvé j'ai trouvé, s'écrie Martin, la tête toujours dans le livre… je crois que ça fonctionne, je crois que…

— Papa… reprend Nick au téléphone, je te rappelle tout à l'heure ! Merci de ta confiance !

— Soyez prudents !

Martin reprend le livre à la page 1 et lance, tout excité :

— Je le savais que je trouverais, elle t'a dit : « suis mon nom, suis mon nom », … son nom c'est Vladana Loutchinski… il suffit donc de suivre son nom… Au début du livre on cherche un V, quand on l'a trouvé on note la lettre qui suit… C'est la lettre qu'on garde. Ensuite on cherche un L et on garde la lettre qui suit… et on n'arrête jamais… C'est un livre écrit en code. On suit son nom !

Pendant au moins une heure, Martin, Béatrice et Nick décortiquent le texte du livre pendant qu'Albert et Vladana mènent le groupe vers Salem. Martin et ses amis extraient, de chaque chapitre, un texte identique.

*Pewnego sierpniowego ranka 1692, zrobilo sie ciemno, ludzie oszaleli i zabili swoje dzieci. Niektorym udalo sie przezyc i dalej walczyc o pokoj.*

*Salem 1692. Kosciusco 21.*

— On retrouve toujours le même texte, toujours à chaque chapitre, un texte qui se répète... un livre écrit en code. Et ce qui est merveilleux, même sans le code il veut dire quelque chose, c'est un vrai livre d'histoire. Je rappelle mon père... il va nous traduire. J'ai l'impression que c'est du polonais.

Monsieur Migacht, au téléphone, traduit rapidement ce texte, effectivement écrit en polonais.

Le livre codé révèle donc le secret suivant:

*Un matin du mois d'août 1692, le ciel s'est couvert, les hommes sont devenus fous et ont tué leurs enfants... Certains ont réussi à survivre et ont continué la lutte pour la paix. Salem 1692. Kosciusco 21.*

— Je comprends maintenant comment Vladana faisait pour lire si vite des livres. Tout le livre est contenu dans ces quelques mots.

— Ouais, cette phrase se retrouve partout, mais ça ne nous donne aucune indication de l'endroit où aller.

— Mais *Kosciusco 21*… ça veut dire quoi ?

— On retrouve ça à chaque fois.

## CHAPITRE 3

### *On the road to Salem*, **USA**

Depuis que la limousine parcoure les rues de Salem, Vladana semble retombée en enfance. Elle pointe du doigt sans arrêt et paraît reconnaître nombre d'endroits.

Les cinq compères mangent un gigantesque *Sundae* au *Brother's Restaurant and Deli* situé sur *Derby Street*. Tout à coup, Vladana se lève et se dirige directement vers une ruelle où elle emprunte un tout petit passage, une venelle, qui mène vers un vieux quartier abandonné.

Vladana regarde autour d'elle, le regard illuminé.

— Regardez, ici c'est la maison de Bridget Bishop,… elle n'est pas là, elle est probablement partie au marché… on peut s'y rendre par là !

Vladana se dirige vers le côté d'une maison. Elle essaie de passer, mais il y a une autre maison qui coupe l'accès !

— Ils ont bouché le passage ! Pourquoi ?

— Qu'est-ce qu'il y a Vladana, demande Béatrice, tu connais cet endroit ?

— Mais oui, c'est chez moi ici… j'y vis… ! J'ai des poules, des plantes, je fais des potions pour guérir, pour aider à accoucher, tout le monde vient me voir !

— Quand ? Avant de vivre à Sainte-Rose ? demande Nick, de plus en plus troublé par les paroles de Vladana.

— Hier, hier, je vivais là… je vis là dans cette petite maison… Martha Corey, Sarah Good, Rebecca Nurse, elles vivent ici… La majorité des gens du village leur veut du mal parce qu'elles viennent me voir. Pourtant je ne fais que les guérir.

Vladana est bouleversante de beauté. Son visage est si heureux ; elle cherche des choses, des bâtiments qui n'existent pas. Elle s'appuie sur des ruines et voit des maisons, des fenêtres, des gens.

— Madame Pudeador… Sortez, il n'y a personne pour vous faire du mal… Madame Parker…, Margaret, Sarah, venez, j'ai fait une soupe…

Nick, Martin et Béatrice restent un peu en retrait. Ils observent Vladana et ne comprennent pas grand-chose à ce qui lui arrive.

— Les noms qu'elle mentionne, constate Nick, ce sont des noms qu'on a lus dans le livre sur Salem. Ce sont tous ceux…

Vladana le coupe dans ses pensées et crie soudain très fort. Elle court entre deux maisons et se retrouve au milieu d'une petite place publique. Monsieur Lanverdière la suit de près, puis Nick et ses amis la rejoignent. Vladana hurle de douleur en regardant dans le vide.

— Non arrêtez, vous êtes fous ? Elles n'ont rien fait !

Vladana semble poursuivie par quelqu'un … elle se jette dans les bras de Nick.

— Vite vite, il faut s'enfuir… venez, suivez-moi !

Vladana se sauve en courant.

— Qu'est-ce qui se passe ? demande Béatrice.

— Je pense qu'elle vit ce qu'elle a lu dans le livre… elle parle de celles qui ont été accusées de sorcellerie et brûlées.

— Ici même, déclare Martin en lisant sur une petite pancarte commémorative.

— Elle croit se retrouver à Salem en 1692, continue Nick.

Vladana, en fuite, contourne un vieux mur de pierres et libère un trou au milieu d'une touffe de mauvaises herbes et d'une planche de bois pourri qu'elle soulève.

— Venez, venez vite, ils vont nous attraper, panique Vladana, toujours en transe.

— Elle a découvert un passage, observe Nick.

Ils s'engouffrent tous dans le trou découvert sous la planche ; un long tunnel les mène dans un quartier résidentiel de la ville, tout près du vieux port.

Arrivée là, d'un seul coup, Vladana retrouve son calme.

— Ouf, curieux, dit-elle, j'ai vraiment eu l'impression d'avoir vécu ici ! Ça va mieux maintenant.

Tout à coup, Vladana tourne sur elle-même et rebrousse chemin. Elle a l'impression qu'un immense camion s'en vient. Elle se cache derrière un grand chêne.

— Oh ! Non, que font-ils ? C'est ma maison ! Attention, le camion va vous écraser. Ils viennent…

Vladana insiste pour que ses amis se cachent derrière le chêne.

— Regardez, remarque Martin, le chêne ressemble à celui qui est chez Vladana à Sainte-Rose.

— Il est pareil, aussi énorme, avec sept grosses branches.

Vladana regarde l'arbre, se serre contre le tronc et se calme encore une fois.

— Ça va ? lui demande Béatrice.

— Oui, je pense, confie Vladana encore bouleversée... j'ai vu un grand camion transporter, transporter quoi ? Je ne sais plus !

Soudain Winston devient comme fou, il grimpe partout et essaie de faire rire tout le monde. Dans la rue, les gens s'arrêtent et regardent Winston grimper à un poteau, puis s'accrocher à l'écriteau sur lequel est écrit le nom des rues.

Béatrice essaie de l'en faire descendre, mais en vain. Winston est déchaîné et ne veut absolument pas redescendre malgré toutes les tactiques de sa maîtresse. Martin, très habile, grimpe alors au poteau pour tenter de l'en déloger. Winston s'accroche, Martin tire, encouragé par un nombre de plus en plus important de passants qui s'amusent.

Finalement, Winston lâche prise et descend, non sans avoir arraché une partie de la pancarte.

Tout le monde applaudit Martin qui salue. Winston fait de même et, profitant du rire général, il remonte au poteau et détache la pancarte pour de bon. Béatrice et toute la foule de curieux se précipitent vers Winston qui tient très fort son butin contre lui.

Martin et Nick s'approchent pour aider Béatrice à replacer la pancarte sur le poteau. En voyant le nom de la rue qui y est écrit, Nick sort le livre de Vladana.

— Martin, dit Nick, regarde le nom écrit sur la pancarte arrachée par Winston.

— *KOSCIUSCO STREET*, disent en même temps Martin et Béatrice.

— Et, rappelez-vous, à la fin du texte décodé du livre de Vladana, c'est écrit *Kosciusco, 21*.

Ils reviennent au coin de la rue Derby et de la toute petite ruelle nommée *Kosciusco*. Ils attendent que chacun ait repris ses occupations avant de faire quoi que ce soit. Ils font même plusieurs fois le tour du quartier pour bien s'assurer que personne ne les observe. Martin entreprend alors de replacer la pancarte à son endroit original.

Aidé de ses amis, il remonte au poteau et y découvre une autre pancarte toute noircie. À demi effacée, il réussit tout de même à la déchiffrer :

— Loutchinski Restaurant ! Nick, Béatrice, c'est écrit Loutchinski Restaurant... c'est presque effacé, c'est un vieil écriteau, en-dessous du nom de la rue... et il y a une petite flèche qui indique la direction. Loutchinski Restaurant, c'est incroyable !

— C'est par là, affirme soudainement Vladana, suivez-moi, je vais vous servir des plats magnifiques !

Martin fixe tant bien que mal la pancarte originale sur laquelle est écrit *Kosciusco Street* et qui cache l'indication qui mène au restaurant Loutchinski.

## CHAPITRE 4

## **La maison disparue
et l'apparition de l'ange**

À la suite de Vladana qui s'enfonce dans la venelle nommée *Kosciusco*, les trois amis et Monsieur Lanverdière sont très nerveux.

— Est-ce qu'elle est devenue folle ?

La ruelle longe un vieux quartier, gloire de Salem au début de la colonie dans les années 1600 et 1700. Des vieilles maisons de style londonien sont construites directement sur le trottoir. Nick a hâte d'en savoir plus et marche d'un pas rapide, il dépasse même Vladana qui s'arrête à chaque maison, comme si elle les connaissait.

Ils suivent les adresses, le 7, 9, 11, 13... 19... 20... puis déception, là où aurait dû se trouver un restaurant, au 21, il n'y a rien. Rien qu'un énorme trou à côté duquel campe une cabane avec quatre portes de garage.

La piste qui mène au Loutchinski Restaurant s'arrête donc là, au pied d'un garage. Martin s'assoit, découragé. Winston, Béatrice et Nick regardent autour d'eux, puis s'assoient à côté de Martin, en silence.

Vladana arrive et se met à pleurer :

— C'est le camion, ils ont transporté ma maison. Tout ce que j'aimais a disparu ! Je ne comprends pas !

Nick la calme alors un peu avec sa main froide. Monsieur Lanverdière, lui, propose de prendre un thé au petit café du coin, ce qu'elle accepte.

Un chien, un Golden Retriever, sort de la cour de la maison située au *20, rue Kosciusco*. Le chien jappe et se dirige droit sur Winston. Le ouistiti glisse des mains de Béatrice, se sauve à vive allure et entre par une fenêtre ouverte à l'arrière de la splendide maison victorienne.

Pendant que Nick, de sa main froide, calme le chien, Béatrice et Martin sonnent à la porte. Vladana et Monsieur Lanverdière continuent leur route jusqu'au café.

— On vous rejoindra tout à l'heure !

Une vieille dame leur ouvre. Nick les rejoint aussitôt avec le chien, très calme maintenant. En regardant Nick, elle lui fait un salut militaire et lui dit :

— *Come in, come in Governor !*

(Entrez, entrez Gouverneur !)

— Nick, elle t'appelle gouverneur, murmure Béatrice en riant.

Béatrice se ressaisit et demande avec gentillesse à la vieille dame si elle se souvient du restaurant Loutchinski qui se trouvait juste en face.

— *No no no*, répond la vieille dame un peu sourde et vraiment perdue, *you're not going to eat there, it's not a very good restaurant.*

(Vous ne mangerez pas là, ce n'est pas un bon restaurant.)

— *Chut chut grand'ma, everything's all right !*

(Chut grand-maman, tout va bien.)

Une dame extrêmement distinguée, élégante, vêtue d'un tailleur jaune pâle, calme la vieille dame, la reconduit dans une pièce un peu plus loin, puis revient vers eux à qui elle s'adresse en français. Un français impeccable, avec l'accent parisien en prime.

— Je vous demande pardon mes amis, commence la dame, ma grand-mère est un peu perdue dans ses pensées. Elle a eu 104 ans la semaine dernière. Je crois jeune homme qu'elle vous a pris pour le gouverneur... Elle a lu tellement de livres que parfois, elle pense que des bateaux à voiles arrivent et ramènent des parfums et de l'encens de l'Inde.

Sa voix est si belle que Nick, Martin et Béatrice l'écoutent bouche bée, les yeux brillants. Jamais ils n'ont vu une femme si belle. Elle resplendit de lumière et bouge avec une telle aisance et une telle assurance que personne, jamais, ne se lasserait de l'admirer, pensent-ils.

Habituée à cette réaction, Clara Hargrove se contente de sourire joyeusement et les invite à la suivre à la cuisine. Elle demande à sa femme de chambre de leur apporter des biscuits et de la limonade.

— Non, merci madame, nous ne pouvons pas entrer, réplique Nick d'une voix douce et distinguée. Nous venons chercher notre ouistiti, Winston, qui est entré chez vous par la fenêtre, terrorisé par votre chien.

En parlant, Nick caresse le chien de sa main droite.

— Mais, jeune homme, comment faites-vous pour rendre mon chien si calme... habituellement, il saute toujours partout, ... je ne sais pas ce qu'il a, il a un an et demi, il est tout jeune, mais il ne se calme jamais quand il est dehors... d'ailleurs tous les chiens que j'ai eus ont toujours été comme ça ! Mais regardez-le, on dirait qu'il sourit.

Nick, pour ne pas révéler le pouvoir de sa main, arrête de lui flatter la nuque.

— Euh... c'est... que...

Aussitôt, le magnifique Golden Retriever se remet à sauter et court vers le garage pour japper face au trou situé devant la maison. Sa maîtresse l'appelle:

— *Robby, Robby, comme right here!* Ah! Il va toujours en direction de ce trou… Robby!

— Attendez! l'arrête Nick.

Nick court jusqu'au chien, le flatte de sa main droite et Robby se calme aussitôt. Pour éviter que la dame ne pose trop de questions, Béatrice et Martin rejoignent Nick. À trois, ils ramènent le chien, maintenant doux comme un agneau.

— Vous avez vraiment un don avec les animaux vous trois!

Les trois amis sourient!

— Écoutez, reprend la dame, votre ouis-titi… euh, Winston, on va le retrouver, n'ayez crainte. Venez, suivez-moi!

Personne ne pense refuser cette invitation, la porte se referme derrière eux. La maison, spacieuse vue de l'extérieur, est absolument grandiose à l'intérieur. Tout est si propre, si beau, pense Martin qui n'a jamais vu autant de splendeurs.

Le corridor qui les mène de la porte arrière vers un salon est si long que des meubles, des petits bureaux s'échelonnent de chaque côté et, plus incroyable encore, on pourrait y courir dans le sens de la largeur. Le plafond très haut brille de diamants qui pendent et saupoudrent de lumière les fibres moelleuses du tapis sur lequel ils avancent tous lentement. Béatrice, amoureuse de la peinture, s'arrête tous les deux mètres pour regarder les détails d'un portrait, d'un paysage, d'une maison. Des reproductions de toutes les peintures de Renoir sont là.

— Vous aimez Renoir ? demande Béatrice

— Ce sont des cadeaux de ma meilleure amie, elle adorait Pierre-Auguste Renoir, le grand peintre français ! lui répond la dame en l'entraînant un peu plus loin.

— Vos noms ?

— Nick, Nick Migacht.

— Martin Allart.

— Béatrice Aldroft.

— Aldroft, Aldroft… Attendez… Aldroft… ah ! Oui, le député Aldroft, James Aldroft de Boston Center !… Vous avez ses yeux bleus et le visage un peu rond des Irlandais! Vous êtes sa nièce ou même sa fille peut-être?

— C'est mon père! Vous le connaissez?

— Je l'ai aperçu une fois!

— Vous avez vraiment une mémoire incroyable! s'exclame Béatrice.

— Peut-être, mais vous auriez été étonnée si vous aviez connu mon père! D'un seul coup d'œil, il pouvait identifier au moins cent objets et ne jamais les oublier.

— Il était détective ou quoi? demande Martin, fortement impressionné!

— À sa façon oui… Mais venez, venez dans le petit salon… je sais comment attirer votre Winston!

Ils se retrouvent finalement dans une pièce où trois divans les attendent. Presqu'au même moment, une femme de chambre leur apporte des biscuits et de la limonade. La dame dépose un des biscuits par terre, dans un coin de la chaleureuse petite pièce.

— Est-ce qu'il aime le caramel votre ouistiti? demande-t-elle à Béatrice.

— Il aime tout ce qui est sucré!

— Je m'en doutais un peu. Nous l'attendrons. Profitez-en pour vous gâter.

Après trois biscuits délicieux, Nick retrouve la voix:

— Très très beau chez vous, des peintures, des sculptures, des choses superbes partout madame... madame ?

— Clara Hargrove... il me semble que je vous ai déjà vu Monsieur Nick, est-ce possible ?

— Je ne crois pas, c'est la première fois que je viens ici, à Salem !

— On habite le Canada, on est..., hésite Martin.

— On est..., hésite Béatrice à son tour.

Puis les trois inventent ensemble :

— On est en vacances.

— Et votre ouistiti vous permet toujours d'entrer chez qui vous voulez ?

— Toujours, rigole Nick, qui adore l'humour particulier de cette dame magnifique. Vous parlez tellement bien français.

— Je l'ai appris en voyage, un an dans une famille dans le sud de la France... ça fait vingt ans.

— Incroyable, constate Béatrice, vous avez vraiment toute une mémoire.

Soudainement, Nick aperçoit, accrochées aux murs, plusieurs peintures très réalistes où les bûchers de Salem brûlent des feux de l'enfer dans lesquels les sorcières ont été immolées. Martin et Béatrice les regardent et en sont bouleversés.

— C'est incroyable, dit Béatrice horrifiée, on dirait que ce sont des photos.

— Je sais, je sais, dit la dame, ne regardez pas ça, c'est encore ma meilleure amie qui a fait ça et elle ne voulait pas que je les décroche, jamais.

— On a l'impression que les sorcières brûlent devant nous, chuchotent Martin et Béatrice, bouleversés.

— Regardez, dit Nick, la sorcière, on dirait qu'elle s'enfuit !

Sur cette peinture, on peut voir un bûcher énorme en arrière-plan, la foule qui entoure le bûcher, puis en avant-plan, une femme qui ressemble étrangement à Vladana et porte des vêtements en haillons noircis par le feu (de petites flammes résiduelles brûlent toujours sur sa main et sur ses chevilles). Nick, Martin et Béatrice regardent attentivement le tableau.

— Cette femme, dit la dame, c'est l'ancêtre de mon amie ; elle avait été condamnée pour sorcellerie elle aussi car elle guérissait des gens. Heureusement, selon mon amie, et selon la légende, car son nom n'a jamais été mentionné dans les livres d'histoire, elle ne serait pas morte. Sinon, mon amie ne serait jamais née ! Vous savez les sorcières de Salem étaient pour la plupart des femmes extraordinaires ! Donc, si je comprends bien, vous êtes venus ici pour faire une étude portant sur les sorcières de Salem c'est ça ? demande madame Clara Hargrove en riant.

— Non pas vraiment, commence Nick, nous cherchons quelque chose et notre meilleur détective, Winston, nous a conduit ici. Est-ce que vous vous souvenez d'un restaurant qui s'appellait le Loutchinski?

Aussitôt ce nom mentionné, la dame baisse les yeux et garde un long silence. Un profond malaise s'installe. Madame Hargrove prend un biscuit et, très nerveuse, le brise en deux, puis le laisse tomber par terre. Elle se lève et va à la fenêtre. Nick croit percevoir une larme qui coule sur sa joue.

Doucement, Nick s'approche de Madame Hargrove et place sa main sur son épaule.

— *Nothing will ever be the same*, dit-elle, tout bas, comme en secret. Ce ne sera jamais plus pareil. Vous savez, il y a des amies que l'on n'oublie jamais et moi j'ai perdu la meilleure amie du monde, quand la chasse aux sorcières a recommencé ici à Salem.

— En 1692? demande Martin.

— Non, trois cents ans plus tard, les hommes n'ont toujours pas réussi à comprendre les êtres qui sont différents.

— Clara?

Vladana n'est pas entrée au café. Elle a eu une drôle d'impression, et elle est revenue sur ses pas pour entrer dans la maison du *20 rue Kosciusko*, comme si elle connaissait les aires de la maison.

À sa vue, Clara Hargrove crie de joie.

— Vladana !

— Clara !

Après quelques minutes d'embrassades, les enfants informent Clara sur sa perte de mémoire. Vladana reconnaît Clara, sans se souvenir de quoi que ce soit d'autre par rapport à leur passé commun ! Pour en savoir davantage, les enfants se tournent vers Clara. Vladana écoute, attentive, comme si on parlait de quelqu'un d'autre.

— Il y a dix ans, un matin, elle est partie d'ici, toute souriante et je ne l'ai plus jamais revue. Depuis quelque temps déjà, des policiers et des enquêteurs rôdaient autour du restaurant. Ils sont venus l'arrêter, mais elle n'était plus là. Ils l'ont recherchée partout dans les environs, ils ont cogné à toutes les maisons. Ils appelaient ça *l'affaire Loutchinski*. Malgré son départ, des policiers sont venus fouiller le restaurant et ils ont découvert des fioles, des liquides aux couleurs bizarres, des odeurs inconnues. Pour fins d'enquête, ils ont fermé le restaurant pour un mois. Personne n'avait le droit de poser de questions ou de s'approcher du restaurant ou de l'oncle et de la tante de Vladana, les Loutchinski, ceux qui avaient adopté Vladana. Je n'ai jamais revu les Loutchinski non plus. Je ne sais pas où ils sont allés. Un jour, un immense camion et des bulldozers sont arrivés… je pensais qu'ils allaient détruire le restaurant. Depuis *l'affaire Loutchinski*, il était complètement abandonné par les clients. Mais non, ils ont creusé, glissé des poutres sous les fondations et sont partis avec le restaurant, ne laissant au sol qu'un trou immense et une vieille affiche que je garde toujours en souvenir… venez je vais vous la montrer.

Clara les entraîne alors jusqu'à sa chambre. Sur une vieille chaise couverte de toiles d'araignée et de poussière, repose l'affiche :

LOUTCHINSKI RESTAURANT

et au bas de l'affiche, une toute petite inscription à la main : *You can meet Vladana* (Vous pouvez rencontrer Vladana).

— C'est mon écriture ! reconnaît Vladana, c'est moi, c'est mon restaurant… sans doute !

Clara fait signe que oui. Vladana s'approche soudain des peintures sur lesquelles brûlent les sorcières. Une larme coule alors sur ses joues. Clara s'approche tout doucement :

— Vladana, c'est toi qui les a peintes. Voici ton arrière-arrière-arrière-grand-mère, elle a réussi à traverser le feu. Grâce à sa bravoure, elle a pu créer une descendance et les véritables guérisseuses qui ont été appelées sorcières ont survécu et leurs divers savoir-faire se sont transmis jusqu'à toi !

— C'est vrai, dit Vladana aux enfants qui se sont approchés d'elle, c'est grâce à elle… il paraît qu'elle, le feu ne la détruisait pas. Rien ni personne n'aurait pu la brûler.

— Tu t'en souviens ? demande Nick.

— Oui… non, pas vraiment, dit Vladana un peu découragée de ne pas se souvenir.

— Te rappelles-tu Vladana, de la dernière chose que tu m'aies dite ? lui demande alors Clara. Ça je suis certaine que tu ne l'as pas oubliée.

Vladana se relève soudainement toute joyeuse.

Et les deux femmes disent en même temps :

— Écoute, si un jour je disparais loin de ta vue, cherche, viens au *Museum of fine arts de Boston*, je serai là pour un jour ou pour l'éternité, sûrement en blanc et en rouge.

Les deux femmes éclatent de rire.

— Et tu disais toujours le chiffre !

Elles prononcent ensemble le chiffre :

— 465

Et deux sons :

— *tesaa* et *sifr*

Pour l'aider à réveiller sa mémoire, elle chante ces mots, ce chiffre et ces sons comme une petite ritournelle. Elles rient encore aux éclats.

— Qu'est-ce que ça veux dire ? demande Nick à Vladana.

— Aucune idée, répond Vladana.

— Aucune idée, reprend Clara. Je suis allée au musée au moins cent fois depuis cette fameuse phrase et je n'ai toujours pas réussi à comprendre.

— On y va ? demande Nick.

— On y va ! répondent Martin et Béatrice.

— Un pour tous et tous pour Vladana ! disent les trois amis en chœur.

Ils le sentent, le secret de Vladana est tout proche. Et il permettra sûrement à cette femme fantastique de retrouver enfin sa mémoire, du moins l'espèrent-ils.

\* \* \*

Ce secret extraordinaire et bouleversant sera révélé au grand jour dans l'épisode 7 : *Le secret de Vladana !*

# TABLE DES MATIÈRES

Achevé d'imprimer au Canada sur les presses
de Worldcolor Saint-Romuald.

Imprimé sur du papier Enviro 100% postconsommation,
traité sans chlore, accrédité Éco-logo et fait à partir de biogaz.